KB139984

복합상징시기획시리즈 · 16

어느 날의 토크쇼

류송미 詩集

 중국조선족복합상징시동인회

어느 날의 토크쇼

일상 속에 감춰진 환각의 따스함
－류송미 시인의 시집 「어느 날의 토크쇼」를 엿들으며

중국 연변조선족복합상징시동인회 회장
「詩夢」 잡지사 사장·발행인

김현순

인간은 수많은 일상들의 연장선을 거머쥐고 삶을 엮어나 간다. 그게 바로 인생이다. 매 하나의 일상들은 시시각각 환각, 착각, 생각들로 붐을 일으키며 그것들은 다시 환상, 상상의 융합 속에서 질서를 찾아 룰을 지켜나가게 된다.

시란 바로 이런 수많은 일상 속에서 화자가 감내하는 마음의 움직임을 통하여 독자적인 영혼의 경지를 펼쳐 보이는 것이다. 이러한 화자의 경지는 환각을 발단으로 한다는데 그 중요성이 깃들어있다. 또한 이런 환각들은 일상을 바탕으로 무의식 속에서 돌연적으로 浮上하여 꽃을 피우게 되는데 그 향기의 연줄에 따라 화자는 상상과 환상을 펼쳐가면서 능동적인 가시화 작업을 통하여 변형의 경지를 구축하게 된다.

인간이 자신의 경지를 변형시켜 표출시키는 데엔 신선한 자극을 위한 탈변의 수요라고 할 수도 있다. 새로운 자극은 세상을 흥분시키며 흥분이 극치에로 치달아오를 때 세상은

최상의 오르가즘을 느끼게 된다. 자극 없는 삶은 고요한 늪과 같으며 고인 물은 결코 썩기 마련이다.

생명의 표징이 움직임에 있듯이 한수의 시에서도 움직임의 적절한 표현과 탈변을 위한 변형된 이미지는 새로운 경지를 열어주게 된다.

류송미 시인의 경우, 일상의 매순간을 동반하고 있는 환각의 이미지를 핀센트로 집어 현미경으로 들여다보면서 그것을 여유 있게 스토리에 용해시켜 보여주고 있다.

시집 「어느 날의 토크쇼」가 펼쳐 보이는 시인의 경지는 느긋한 스토리의 흐름 속에서 환각을 통한 화자의 정감세계와 삶에 대한 자세를 반추해보이고 있는 것이 특색이라고 딱 점찍어 말할 수 있다.

친구 동생의 부탁으로 월셋방 물색하는 일은
가슴 부푸는 아침을 만져주었다
학교 가는 길에 3층집을 세 준다는
전화번호가
등교하는 어린이들 모습으로 깔락뜀 뛰며
교문에 들어선다
저마다 손에 들고 있는 놀잇감의 그림자가
경찰 모양을 하면서 질서를 지킨다고
시간의 허리를 잡아 끈다
따르릉… 수업시간입니다
선생님의 입술 사이를 삐져나가는
기름 발린 발음들이 다시
전화번호 되어 교실 안을 감돈다
셋집 하나에 매달 백 원씩 하면
일 년이면 얼마 되죠, 라고 묻는 말에
병아리 같은 어린이들의 재잘대는 목소리…
셋집, 셋집… 천이백~!
정답입니다, 짱입니다요…

교실 안팎에 친구 동생의 부탁 소리가
바람 되어 향기 되어 헐벗은 공간을
꽃피워준다

−詩 "셋집 메아리" 全文

　상술한 시에서는 친구의 부탁으로 세집 찾아주려는 화자의 아름다운 심성을 보여주고 있다.
　오스트리아 정신분석학파 창시인 지그문트 프로이드는 인간의 본능에 대하여 "성(性)에 집착하는 사람은 나무옹지를 봐도 성기(性器)를 떠올린다"고 하였다. 이 말은 생각의 착안점을 어디에 두느냐 즉 생각의 포인트를 잡는 것의 중요성에 대한 정론으로 되기도 한다.
　조선 창극집 "춘향전"에서는 이몽룡이 춘향이한테 홀딱 반하여 마음 걷잡지 못하는 것을 달을 봐도 춘향의 얼굴이요, 책을 펼쳐도 책 속에서 춘향이가 걸어 나오며 천정을 쳐다봐도 춘향이가 날아 내리는 것 같다고 하였다.
　이 모든 것들은 인간의 집착과 연연함으로 초래되는 결과적인 현상은 실재의 현실이 아닌, 가상의 실재라는 것들 뜻하여 준다. 때문에 이미지 포착에서는 사진의 정서에 걸맞은 렌즈를 늘 소지하고 있어야 한다. 팽창된 정서가 그 렌즈를 통하여 투영될 때엔 렌즈가 가지고 있는 마술적 색상으로 그 형태를 드러내게 되기 때문이다.
　상기의 보기 사례 시에서 스토리에 슴배어 있는 환각의 흐름을 살펴보도록 하자.

월셋방 물색하는 일은 가슴 부푸는 아침을 만져준다
↓
등교하는 어린이들 깔락뜀이 세집 광고 전화번호로 보인다
↓
강의(講義)하는 화자의 발음들이 전화번호 되어 교실 안을

감돈다

↓

세집 맡아달라는 친구 동생의 부탁이 바람 되어 향기 되
어 헐벗은 공간을 꽃피워준다

보다시피 화자의 환각은 시종 친구동생의 월셋방 얻어주
는 일에 관통되어 있다. 그러므로 시에서 화자의 환각은 정
서 팽창의 토대 위에 꽃을 피운다고 하는 것이다. 이 시에
서도 마찬가지이다. 가령 남을 도우려는 화자의 아름다운
심성의 팽창이 극도에 이르지 않았다면 상기의 환각들의 생
성은 이룩되지 못할 수도 있는 것이다. 때문에 시는 일상
속에 슴배어 있는 화자 내심의 강렬한 움직임의 장면이라고
말하게 되는 것이다.
　같은 경우의 일상이지만 그것을 수용하는 인간 자세의 각
이함에 따라 삶에 부여되는 색채 또한 다양한 결과를 가져
오게 된다. 이렇게 되는 주요인은 각자의 마음의 그릇과 삶
을 통찰하는 여유의 한계가 각이하기 때문이다.
　류송미 시인은 일상의 매순간마다 가슴 터지고 뼈를 깎는
아픔일지라도 초탈의 헌헌함으로 여유 있는 자세로 자신의
삶을 만끽하고 있다.

콘크리트 길 위에 떨어진 낙엽
지저분한 시간의 흔적들이 얼룩져 있다
뜯겨져 있는 기억들 흐르는
그 소리가 바람 되어
바닥에 배를 붙인다
건물 저켠 비쳐드는 햇살의 그림자
길 저켠에는 어둠도 기다리고 있었다
그 건너 켠, 짙푸르게 미소 짓는
소나무 숲을 지나
오순도순 계절이 모여 사는 동네의 뜬 이야기들이

한낮의 기다림 펼쳐
젖은 사랑 펴 말리우고 있다
딴딴한 길에는 기다림
몸져눕는 소리가 들린다

—詩 "골목길" 全文

　인간은 태어나는 순간부터 고통의 연장선이라는 말도 있다. 인생을 살아가면서 파란곡절의 세파를 겪지 않는 사람은 없다. 위 시의 경우, 화자는 삶의 질고를 초탈한 경지에서 여유 있게 관조(觀照)하는 자세로 세상을 보듬고 있다.

　콘크리트 길 위에 떨어진 낙엽을 보고도 화자는 그저 지나치지 않고 "얼룩진" "지저분한 시간의 흔적"이라고 삶의 가슴 아픈 나날들에 대한 환각의 상징을 펼쳐 보이고 있다. 상처 입은 기억의 순간들은 참기 어려울 만치 "바닥에 배를 붙인다". 삶이 길에는 "햇살의 그림자"도 있고 "어둠"도 도사리고 있지만 "미소 짓는 소나무 숲을 지나" "오순도순 계절이 모여 사는 동네의 뜬 이야기들이 기다림 펼쳐 젖은 젖은 사랑 말리우고 있다."

　여기에서 "뜬 이야기들"은 성숙을 맞이하지 못한 삶의 조각들일 것이며, 그러하기에 "젖은 사랑" 펴 말리우며 "기다림을 펼치고 있는" 것이다. 이 대목에 대한 언술은 순결무구할 수만은 없는 세상이 부단히 성숙에로의 연마의 과정으로 거듭난다는 철리를 안받침 해준다.

　삶이란 결국 긴긴 기다림으로 이어지며 그것들은 종내는 염원(念願)의 그림자로 세상에 하직을 고하게 되는 것이 섭리이다. 화자는 이러한 이치를 지극히 객관현실의 상징으로 되고 있는 "딴딴한 길"에 "기다림 몸져눕는 소리"의 형상으로 변형시켜 펼쳐 보이고 있는 것이다.

　마지막으로 이 시집의 표제시로 되고 있는 "어느 날의 토크쇼"를 살펴보기로 하자.

어느 날의 토크쇼

□ 류송미

볼륨 낮춘 메아리를 호주머니에 넣고
바람이 둥지 찾던 날
햇살과 구름의 이야기는
입 다물어 버렸다
고생살이 뒤끝에는 낙이 온다는
실낱같은 예언마저
병마의 딸꾹질에 잠들지 못하고
졸음 쫓는 별들의 깜박거림도
새벽 언덕 안개로
덮어 감춘다
무병장수 비결이 너덜거리는
광고판 얼굴같이
엇바뀌며 달리는 차량들 신음소리가
시간의 귀퉁이 눌러주고
주고받는 사랑과 이별의 난센스가
푸른 하늘 잘라
봄 오는 들녘에 깔아주었다
릴릴~ 룰룰~
즐거움의 명멸하는 기억의 공간에서
둘만의 이야기가
하루를 으스러지게
틀어잡는다
손님 싣고 고개 넘는
운전기사의 머리 위에
휘파람새가 난다

화자는 시에서 시종 직설을 피면하고 있다. 정감의 깊이와 너비, 높이를 그냥 환각적인 장면들로, 스토리의 편린들의 유기적인 조합으로 대변(代辨)하여 발설하고 있다.

복합상징시에서뿐만 아니라 모든 예술에서의 무작정의 직설은 금물로 되고 있는 것이 상식이다. 화자는 이 면을 단단히 틀어쥐면서도 마음의 여유는 시종 열어놓고 있다. 동일한 경우를 당했을 때 단추를 꽁꽁 잠그고 정색하는 대부분 동양인들에 비하여 총알이 쌩쌩 날아오고 대포알이 곁에 떨어지는 순간에도 유모아르 섞어가며 전투에 임하는 서양인들의 마음의 여유에 대하여 누군가 말했던 적도 있다.

세계를 제패하려고 꿈꾸었던 보나파르트 나폴레옹은 참사가 벌어지는 싸움판에서도 작은 술상을 차려놓고 와인잔을 부딪치며 마음의 여유를 나누었다고 한다.

한 수의 시를 비롯한 모든 예술 작품에서도 이런 여유의 미학은 독자들로 하여금 세상에 대한 회의(悔意)로부터 해탈의 감수를 만끽하게 할 수 있다.

류송미 시인의 "어느 날의 토크쇼"는 세상에 대한 너그러운 포용의 자세를 느긋한 비유의 이미지들로 환각의 조합을 이룩해내고 있다.

살면서 퇴색해진 나날들을 맞이하는 화자의 자세는 아래와 같은 여유 있는 표현으로 펼쳐 보이고 있다.

볼륨 낮춘 메아리를 호주머니에 넣고
바람이 둥지 찾던 날
햇살과 구름의 이야기는
입 다물어 버렸다
고생살이 뒤끝에는 낙이 온다는
실낱같은 예언마저
병마의 딸꾹질에 잠들지 못하고
졸음 쫓는 별들의 깜박거림도
새벽 언덕 안개로

덮어 감춘다

이런 표현들은 직설의 단순함과 유치함과는 달리 자못 신사적인 매력을 안겨주는 삶의 지혜라고 말할 수 있다.
화자는 이러한 현실이지만 그래도 그 속에서 해탈을 꿈꾸면서 모질음 쓰고 있는데 그 표현은 다음과 같은 환각의 장면으로 멋스럽게 펼쳐 보이고 있다.

무병장수 비결이 너덜거리는
광고판 얼굴같이
엇바뀌며 달리는 차량들 신음소리가
시간의 귀퉁이 눌러주고
주고받는 사랑과 이별의 난센스가
푸른 하늘 잘라
봄 오는 들녘에 깔아주었다
릴릴~ 룰룰~
즐거움의 명멸하는 기억의 공간에서
둘만의 이야기가
하루를 으스러지게
틀어잡는다

여기에서 "릴릴~ 룰룰~"이 대목은 어둠속에서 빛을 찾는 화자의 밝고 명랑한 자세와 마음의 그릇을 보여주는데 크게 유조(有助)되는 분위기 전환의 관건적인 대목으로 된다. 만약 이 구절을 빼놓고 잃어 내려간다면 작품의 내재적 흐름선엔 비약이 사그라들며 크게 손상이 가게 될 것이다. 이런 정서비약의 전제하에서 화자는 달관한 자의 신나는 경지를 다음과 같이 펼쳐 보이고 있는 것이다.

손님 싣고 고개 넘는
운전기사의 머리 위에

휘파람새가 난다

한마디로 류송미 시인의 시는 복잡다단한 내심의 정서활
동을 내재적 연결고리를 틀어쥐고 여유작작한 스토리의 환
각적 장면의 조합으로 유기적 결합시키는 데 성공한 작품들
이라고 긍정해줄 수 있다.

복합상징시라는 이 특정된 새로운 시 영역에서 바야흐로
꽃을 피우고 있는 류송미 시인의 금후 창작이 더욱 화려한
꽃밭으로 거듭나기를 기대하면서 이 글을 마무린다.

류송미 시인의 시집 출간을 감축드린다.

辛丑年 초여름에…

차례

어느 날의 토크쇼

인생

쪽지의 여백엔 계속 사랑한다는
말씀이 깨알이 되어 싹트고 있었다
풍화되는 러브레터 향기가
입귀 문드러진 집문서를 닦고 있었다

그림자 되어 동무해주던
꿈의 언덕에 배신의 징역살이가
꽃잎 싸인 이슬을 안고
통곡하는 날이 있었다

밀항하는 시간의 그림자엔
이별의 상봉
믿음이라는 이름으로 걱정 잡아두면서
행복은 세월 앞에 무릎 꿇었다

사랑에 대한 판결은
매듭 없는 노래로
우주 삼키는 음악이었다

외로운 날

테프는 속도가 빨라졌다
흔적의 향기는 마침내 집을 나섰다
바람이 어둠 밝혀줄 때까지
고독의 선택엔 별빛 부름이
잔 높이 추켜들었다

장사에서 돈 벌었다는 이웃집 나그네
기름진 이야기가
귀동냥에 양념 발라주던 날
기다림은 몸 떨며
거품 발린 내음새에 햇살
나붓거렸다

아침 문전에 노을이 비낄 때까지
고독 골라잡는 가녀린 손가락엔
퇴색한 약조의 가락지가
해와 달의 뉘앙스 발라주고 있었다

자줏빛 하늘이 사랑과 이별의 교합에
흐느낌 얹어두던 그 날
이슬의 빛깔 걸러 꿈집 짓던
찬란한 문명은, 사막 그리고
오아시스의 이미지를 덧칠하고 있었다

이성친구

술 마인 시간의 배웅은
커피 한잔의 지청구를 사절하였다
문 여는 순간의 신발 끝에는 서리꽃 피어 있었다
아픔을 치유하는 힐링의 공간에
만남은 밀치고 들어서는 햇살 꼬투리에
보석향 메모의 스크린 매달아주었다
같이 껌 사러 가자고 하는 여유의 능선에서
좋아한다고 고백이 바람과 악수 나누며
갈대의 흐느낌을 전율했다
이 세상에 제일 아름다운 에메랄드 고운 눈빛이
가슴 흔들어댐을 두고 갈 수는 없다던 그날 저녁
달은 구름 속에 얼굴 감추고 노래방 볼륨은
치맛자락 들어올렸다
고백의 순간이 별빛으로 반짝거릴 때
기억의 세미나는 여울목에
갈대의 순정으로 고독과 그리움과 기다림의
뉘앙스 나부끼고 있었다
시간이 정지된 곳에 아픔은 추억 갈아
멍든 하늘 잠재워두었다
어미 찾는 물오리 울음소리가
비구름 되어 영 넘는 음악은 그날
그렇게 떨리고 있었다

선물

선물의 도량형에는 화폐의 냄새가 묻어 있었다
딸라, 인민폐, 환화, 엔…의 부스러기들이 잎 펼쳐
기억의 나무에서 나붓거렸다

남편의 목소리와
친구의 목소리와
동생의 목소리와
조카애의 목소리들이 여울져
강물은 사품 치며 흐르고

노을 비낀 산마루엔 샛별이 입맛 다시며
어둠, 밝혀주고 있었다

달의 안색 노랗게 익고
바람의 안무에는 구름이 욕망의 하늘 가려주었다

어둠 가고 해가 뜨는 날
떨며 부르는 노래의 이랑마다에
반짝이는
추억의 사금파리들

갈매기가 쪼아 물고 태평양 건늘 때
난바다 사품치는 파도소리엔
솟대의 즐거움도 꿈이 되어 흘렀다

만남과 이별

기적은 따로 있었다
가을비가 창(窓)을 노크했다
문을 열자 바람이 들어와 책갈피를 번져주었다
그림자와 동무하는 날은
따끈한 커피 한 잔으로 고독을 덥히는
멋스런 칵테일의 순간이었다
이야기의 시작은 언제나 낭만으로 불타는
기다림 마중 하는 날이었다
두 날에 한 번씩 으스러지는 포옹이
택시에 실려 영(嶺)을 넘었다
낙엽 지고 겨울 오는 언덕에서
그리움의 점적주사에는 간호사가 따로 없었다
명절 맞는 패러디 허리에는
집게발 집힌 고독의 비명도 피를 흘렸다
사고는 음주운전의 탓만은 아니었다
이별이 볼륨 한 옥타브 올려주고
봄 오는 날 돋아나는 새싹같이
사랑은 안개 타고
아침 제단을 밟았다
피가 흘렀다 상처는 치유를 보듬었지만
힘줄 끊어진 기억의 순간들엔 꽃잎 지는 계절이
길게 울었다
불침 맞는 공간의 이미지에도
꽃은 피어있었다

후회

두려움의 렌즈엔
흑백의 그림자가 언뜰거렸다
말라붙은 기억 앞에서
후회 삼킨 어색한 웃음엔
소개팅 안개 씹는 소리도
별처럼 반짝거렸다

구원의 떨림이었던가
낙조의 부드러운 손길이 바람
잠재워주었고
불난 어둠의 마루턱엔
회한의 향기가 오래도록
세월을 취하게 했다

빼앗긴 사랑엔
이유가 따로 있듯이
탈락의 하품에는 원망의 메아리가
직함 않는 계단 닦아주었다

그 여름의 무지개가
비 내린 하늘을 비껴가듯이…

춘설(春雪)

언제부터였을까
밤새 내린 눈이 잠기 어린
시야를 비벼주었다

창밖을 내다보니 그리움도
향기 찢긴 잎 되어
추락하고 있었다

누가 보고 싶어
까무러친 것일까
땅에 닿는 대로 스러지는
눈물의 사연

창백한 넋에 질려있는
적설의 미소 앞에
흩날리는 사색의 메아리는
남루한 옷자락 신나게 턴다

음침하다 스산하다
그냥 기분 잡친다
라고 말하기 보담은, 차라리
복수초 향기로
순간을 잠재워두라

아픔의 계절

빗방울은 어둠을 후려치고
나팔꽃 치마 펼쳐
으깨진 밤을 받아 안는다

머리 숙인 꽃망울
아롱진 가슴속에 꿈을 다지고
길게 드리운 넌출
볼 붉힌 향기 받치어 줄 때

푸른 잎 소리 없이
침묵의 언어를 받아 적는다

동경(憧憬)

나무들이 어깨 겯고 지켜선
여름 속으로
길은 달리고 있다

햇살이 그늘 펼쳐
더위 식히어줄 때
풀들의 시원한 노랫소리
바람 따라 깃 펴고

숲 지난 공원 저켠엔
가슴 펼친 바다, 그 기다림이
파도의 설렘으로
종일토록 사운거린다

가을

단풍나무 푸슥푸슥
타들어가는
그리움의 사연들

에메랄드 기다림이 한데 모여
호수를 이루면

바람도 숨죽여
지켜보고 있다

2021. 3. 21

실의(失意)

기다림이 납작
시간의 손아귀에 붙잡히던 날
에어컨 돌아가는 소리가
아픔 찢어
흔들어대고 있었다

낭떠러지에 가로 걸린
소망의 메아리가
나무들의 비웃음을 흘겨볼 때

지갑 잃어버린 그날의 쓸쓸함 같이
막 뚫고 나오는
어설픔의 이마엔

눈보라 매서운 입김도
나부끼는 옷섶의 미련으로
놀빛 한 올
축축이 발라주었다

임 마중

고개 넘는 콧노래의 가락엔
나비가 나풀거렸다
그리움의 반짝거림엔 바람 부푼
갈새의 재잘거림도
냇물 되어 흘렀다

붕 떠있는 시간의 점선들
속도의 템포가 나래 펼쳐 하늘을 날고
향기의 색조엔 설레임도
붓 들고 있었다

공항의 두근거림이
기억의 구멍마다에 꽃 피워줄 때
싱숭생숭해나는 메모지는
행복 두 글자 감싸쥐고 있었다

기다림의 끝자락에
즐거움은 별 되어 반짝거리고

상봉의 노래는 피자 향기로
가슴 익는 가을 산자락에
연지 발라주었다

시골의 겨울

긴긴 세월 침묵 깔고 앉아
고독 달래는 시간의 흔적
페기 된 우물의 하소연엔
가슴 무너져 내린 담장의
쉰내 나는 목소리가
적설(積雪)되어 입 다물고 있다

눈 내린 마을 어귀
하늘은 멍이 들고
잎 떨어진 나무들 앙상한 가지가
팔 벌린 소망으로
봄을 부른다

월야(月夜)

그리움이 낙엽 되어
빈 호수에 떠있다
시간의 빛깔, 검푸르게 일렁인다

마른 나뭇가지에 걸린
둥근달의 안색
축 늘어진 기다림의 날개 되어
밤을 받아 안는다

어둠 구겨 하늘 닦는
바람의 손
조금씩 떨리며

멀리서 잔물결 이는
파도소리에
고독, 흔들어 깨운다

황혼 무렵

풀들이 나무의 그림자 받쳐 들고
생각에 잠긴다
돌과 돌이 어깨 겯고
탑 쌓을 때
호수 속에 몸 적시는
노을의 붉은 이마
산이 옷 벗어 시간을 헹군다

물 저켠에는 또 검은 사연
그 너머에는 다시 타오르는 그리움

흘러가는 하늘의 옷섶에
밤색 기다림이
별이 되어 반짝인다

석별연가(惜別戀歌)

철새들 날아가는 하늘에는
놀빛 붉게 타오르고
갈대의 흐느낌 바람 되어
애절함을 울었다

잘 가세요 또 오세요
갈숲 사이로 들려오는
애원의 노랫소리가
물결 되어 이별 잠재우고

뉘엿뉘엿 서산 넘는
저녁해의 아쉬움이
갈꽃의 부드러움에 깃을 편다

골목길

콘크리트 길 위에 떨어진 낙엽
지저분한 시간의 흔적들이 얼룩져 있다
뜯겨져 있는 기억들 흐르는
그 소리가 바람 되어
바닥에 배를 붙인다
건물 저켠 비쳐드는 햇살의 그림자
길 저켠에는 어둠도 기다리고 있었다
그 건너 켠, 짙푸르게 미소 짓는
소나무 숲을 지나
오순도순 계절이 모여 사는 동네의 뜬 이야기들이
한낮의 기다림 펼쳐
젖은 사랑 펴 말리우고 있다
딴딴한 길에는 기다림
몸져눕는 소리가 들린다

순간의 미학

톱 소리가 주기적으로
끊겼다 이어졌다 한다
햇살이 창문으로 들어와
빨래 사이를 비춘다

폰의 하루는 느끼함을 비탈고
유희가 즐거움을 안겨주는 시점에서
기다림은 고독을 짜내고 있다

확실한 아픔에는
꽃이 피어 있듯이
생각의 몸서리에 향기가 전율한다

두서없는 시 한 구절이
종잇장 위에 고민을 쏟아 붓는다

날개 돋친 별이 밤을 달리며
상징의 숲에 불 지른다

일상(日常)·1

벽에 걸린 결혼사진의 곁에
매달려 있는 에어컨이
주인의 손길을 기다리고 있다

창밖 화단의 나무가
파란 잎 자랑할 때
길가의 꽃은 망울 터친다

책장 속의 키돋움 하는
책들의 음성이
휴면하는 텔레비전을
흔들어 깨운다

방금까지 울던 앵무새의
재잘거림이
나래 접고 한때를 즐기는 모습으로
다시 모니터를 닦는다

일상(日常).2

벽지가 꽃으로 피고
폰 소리가 메시지를 알린다
고뿌 속의 찻물이
뜬 김을 내보낼 때
컴퓨터의 자판이 깔락뜀을 뛴다

스피카가 토해내는 멜로디가
볼륨 높이고
창턱 위에 앉아 강아지는
시름없이 밖을 내다본다

날씨가 좋아
거리에 떨쳐나선 사람들…
자가용이 노래 공부, 시 공부
택배 다닌다

시간을 염색하고
그리움에 매니큐어 골라 바른
즐거움의 뉘앙스가
연보라빛 하루를 연다

어느 날의 토크쇼

볼륨 낮춘 메아리를 호주머니에 넣고
바람이 둥지 찾던 날
햇살과 구름의 이야기는
입 다물어 버렸다
고생살이 뒤끝에는 낙이 온다는
실낱같은 예언마저
병마의 딸꾹질에 잠들지 못하고
졸음 쫓는 별들의 깜박거림도
새벽언덕 안개로
덮어 감춘다
무병장수 비결이 너덜거리는
광고판 얼굴같이
엇바뀌며 달리는 차량들 신음소리가
시간의 귀퉁이 눌러주고
주고받는 사랑과 이별의 난센스가
푸른 하늘 잘라
봄 오는 들녘에 깔아주었다
릴릴~ 룰룰~
즐거움의 명멸하는 기억의 공간에서
둘만의 이야기가
하루를 으스러지게
틀어잡는다
손님 싣고 고개 넘는
운전기사의 머리 위에
휘파람새가 난다

성인(聖人)의 계시록

바람의 목구멍에서 비린내가 풍겼다
갈매기 울어예는 슬픈 노랫소리도
흘러나왔다
백사장 모래톱 밟고 지날 때
사금파리 반뜩인다는 이야기도
파도로 출렁거렸다
어쩌다 맞이하는 하루 일상
지구의 구석구석 더듬어보는
즐거운 시각이
한적한 여유를 감아쥐고
우주를 넘나들었다
사랑의 언덕마다에 무지개 뿌리 내릴 때
바위섬 동네의 팔 벌린 모습이
신기루로 시야를 보듬어주고
이별의 뒤안길엔 늘 사랑이
미소 짓고 있음을
아지랑이 가물대는 봄 햇살에서
신록의 메아리로 한 줄 메모 적어나갔다
계절의 누각(樓閣)에는 언제나 늘
하늘같은 가르침이
풍경(風磬)으로 울린다

존재의 이유

차량들 달리는 거리에서
먼지들이 목욕을 한다

택시를 기다리는 과정은
약 사고 빨래하는 시간보다 길다

기다림을 세탁하는 데엔
신 쟈크 수리하는
여유가 필요하고

기름 넣고 차를 씻는 동안에도
배추김치 담그고, 보리싹
가루 구매하는 입덧은
따로 있다

그리움

길과 길 손 잡고
지구를 감는다
물과 물 어깨 걸고
바다를 덮는다

하늘과 하늘 연달아
우주는 넓고
별과 별 빛 주고받아
밤은 밝다

새벽이 길어서
안개는 차갑고
가을이 뜨거워 산과 들
노랗게 익었다

그날이 오는 날까지
바위의 연륜은
입덧하는 바람으로
신기루 높이 쌓으리

어머니

팔 벌린 햇살
두 잎 사랑 안아주고

구름꼭지 입에 물려
여름, 파랗게
살찌우네

불그레 미소 짓는
회심의 산과 들

바람 타고 덩더쿵
춤추며 가네

타관(他官)땅 향기의 덧 그림자

꿈길 찾아 길 떠난 타향에서
자존의 색상은 팔 걷어붙이고
싸움판 벌였다.
그때, 걱정 않는 마누라의 얼굴도
필름 되어 스쳐 지나고
연노하신 어머니를 김치움에
들여보내지 말라는, 천국 가신 아버지의 당부도
눈발 되어 흩날리고 있었다
시간의 짝사랑엔
달러의 향기가 주머니 사정을 만져
본다고, 그 누가 말을 했던가
돌아서는 등 뒤엔 낮다란 구름이 따라서며
바람처럼 쑤알거려 준다
돈, 돈이 문제야……
그래, 그렇구나
겨울 나시는 아버지에게도
넉넉한 사랑은 보내드려야지…
노가다에서 싸운 그날 밤
시누이랑 오랍동생이랑 함께
공간이 교차되는 낙엽 지는 기슭에서
명비(冥幣) 한 보따리 불에 얹어 보내드렸다
어둔 밤을 자박자박 딛는 하산길(下山路)엔
밤이슬 토해내는
나뭇잎들의 일그러진 신음소리도
들려오는 듯 싶었다

꿈밖 현실은 상기 작동 중이다

다 큰 아들 녀석이
사우나에서 미끌어 넘어지면서
다리를 상했다는 사실은
꿈이 아니었다
돌아가신 시이모께서
노란 사랑 벗겨내어 상처를 감싸주는 것도
환각의 순간은 아니었다
그런 게 있었다
지구 건너편에 또 다른 지구가
청춘을 손에 들고 입맞춰줄 때
사진관 입구 플래시가
번쩍 또 번쩍…
다이아몬드 같은 기억 흩뿌려주는 것을
잊지 않고 있었다
시험 보는 장면들의 무한리필 속에서
박사모자 눌러쓴
향기의 이미지는 그리움에
색상을 입힌다

유혹은 따로 있었다

상처에 소금을 뿌린 것처럼 아프다는
망언(妄言)엔 개나리 노란 미소도
오가는 큰길 화단에
기다림으로 피어있었다

기름값 할인 소식에
평소보다 곱빼기로 걷어 넣은 즐거움은
향기의 몸짓으로
바람에 흩날리는 머리칼
쓸어 넘겼다

띠리링…
갑자기 알람소리가 손가락 찾는
이유는 무엇일까

밀방약 복용하면
위궤양이 귀신처럼 낫는다는 정보가
꽃 꺾어들고
폰을 흔들어댔다

의사의 처방전 가격은
할인된 기름값처럼
전날보담은
인민폐로 오십 원이나 더
키를 낮추고 있었다

역설(逆說)

이역 땅에서 만난 그림자의 입술엔
향기가 묻어있었다
꿀 발린 냄새도 풍겼다
그때…
어둠속 장미꽃 가시가
이파리에 놀빛 감싸고 미소 짓고 있음을
이성(理性)은
눈뜨지 못했다

바다 너머엔 전설의 신기루가 반겨 맞는다는
감언(甘言)에 속아 넘은
바람의 욕망…
무지개 잘라 깔아준 언덕길 밟으며
떠나간 발자국마다
거짓말, 세 글자가 나비 되어
나풀거림을 억울해야 했다

핏빛 장막(帳幕)을 덮어주는
회한(悔恨)의 긴 시간…
어메~~
돌다리도 두드려보고 건나라는
조상님 무덤 앞에 속죄하며
터진 이마 조아릴 때

따슨 햇살 깃 펴고 내려와
슬피 우는 하루를 안아주었다
다시 그때…

새들의 노랫소리가
봄을 나르고 있었다

사랑의 연장선

믿음의 대가엔
인민폐 만 원이 수요되었다
문 열리는 소리는 들리지 않고
바람의 손기척엔 안개의
비릿한 내음새가
기다림의 긴 거리를 쓸고 닦았다

새벽이 밝아올 무렵
갈라터진 벽 틈으로
스캔들의 치맛자락 걷어 올리는
메시지가 슴새 나오고
좁은 귓구멍엔 장미꽃 향기가
고막을 가시 찔러주었다

손해 보는 일은
한두 가지가 아니었다
믿는 도끼에 발등이 찍히는 일은
늘 커피향으로 낙엽 지는 가을처럼
열린 창(窓)을
스크랩해준다

묵상(默想)의 고요

밥 한 끼 식사에 전화번호가 오가고
믿음의 순간들이
페이지(page)를 번졌다
주고받은 사랑의 로맨스엔
한숨의 향기가 눈물짓고 있음을
각성해야 했다
인생 한번 바꿔보는 데 드는 비용은
인민폐 삼만 원…
노다지 꽃펴난다는 이국 수속엔
갈매기 울음소리도
바다의 짜가운 미역 줄기로
갯바위에 말라붙어 있었다
소망의 배신…
잡아 흔드는 시간의 손톱눈엔
거짓말 같은 매니큐어가 빨간 진실로
아픔의 계절 울어주었다
꺼으 꺼으…
바다의 가르침 날개 펼쳐
파도로 사막을 덮는다

셋집 메아리

친구 동생의 부탁으로 월셋방 물색하는 일은
가슴 부푸는 아침을 만져주었다
학교 가는 길에 3층 집을 세 준다는
전화번호가
등교하는 어린이들 모습으로 깔락뜀 뛰며
교문에 들어선다
저마다 손에 들고 있는 놀잇감의 그림자가
경찰 모양을 하면서 질서를 지킨다고
시간의 허리를 잡아 끈다
따르릉… 수업시간입니다
선생님의 입술 사이를 삐져나가는
기름 발린 발음들이 다시
전화번호 되어 교실 안을 감돈다
셋집 하나에 매달 백 원씩 하면
일 년이면 얼마 되죠, 라고 묻는 말에
병아리 같은 어린이들의 재잘대는 목소리…
셋집, 셋집… 천이백~!
정답입니다, 짱입니다요…
교실 안팎에 친구 동생의 부탁 소리가
바람 되어 향기 되어 헐벗은 공간을
꽃피워준다

배우미는 배움의 속칭이었다

차고(車庫)에서 차를 꺼내고
충전기와 먼지 낀 자료를
더듬는 데엔
추억의 긴 시간이 필요하지 않았다

점심 먹고 비가 올 것 같아서
미리 공부하러 떠났다는
친구의 전화는
오래도록 귓가를 맴돌고

오늘은 어떤 시를 쓸까 기대되는
생각들이, 동사자들의
눈치를 살핀다

오늘 오후 또 시 세 개를 쓰겠네
라고 하는 부러운 목소리들이
녹슨 시간 꺼내 갈고닦는다

배움의 언덕에로 걸어가는
자욱마다에
범나비가 향기 나풀거린다

신 한 쪽이 해져서
두 쪽을 똑같이 기웠는데도
수업 끝나서 집에 갈 기미는
보이지 않았다

향기의 틈서리

앞선 것 먼저 하고
이것을 해야겠다는 생각엔
사업 자금이 필요해서도 아니었다
친구의 돈으로 잠시의 행복을 빌이 쓰는 데엔
아픔의 도가니에 기억을
가두어 넣는 고독의 난센스가
나래 접고 있었다
기다림의 이름엔 집조가 필요한 것도 아니었다
아들의 이름으로 살림집 장만하는
멋스러움은
이국땅에서 부쳐온 남편의 두둑한 돈 봉투에
꿀 발라두고
허무의 시간 쪼개어 불살라버리는 떨림도
벽에 걸린 텔레비전 프로를 껐다 켰다 하는
머뭇거림 길들여 주었다
어~ 산다는 것은 다 이런 거구나
하는 어록들이 어제오늘의 이야기를
양손에 갈라 쥐고
다가오는 아침을 말끔하게 닦는다
준비는 되었나 사랑과 이별의
지평선에
불깃한 태양이 슴벅거린다

삶의 귀퉁이에서

반값으로 판매한다는 친구의 목소리엔
안개빛 떨림도 섞여 있었다
잘 나가던 장사의 길에는 벼랑을 뛰어넘는
철새의 억센 날개가 필요하다는
자가용 수리부 아저씨의 말씀이
기억의 게시록에 적혀있음을
놀랍게 발견하면서
털실 안장씌우개를 손에 들었다
어린이절에 손군들한테 줄 선물도
헐값으로 구매해도 되나 하는 생각이
양심의 저울추를 들었다 놓았다
지금처럼 열심히 하면 시집까지 낼 수 있다는
선생님의 말씀이 둥둥 뜬 기분을
어루만져줄 때
할인된 노력의 대가에 부끄러운 가슴
속옷 속에 감춰두었다
부푸는 봄날의 언덕에서 향기의 이미지에
무릎 꿇었다
사랑은 예나 제나 키스의 감미로움으로
가게의 문을 연다

 류송미 복합상징시집·어느 날의 토크쇼

배움의 즐거움

새로운 노래를 오선보에 적어놓고
녹음하는 재미는
시간의 저고리에 별빛으로 반짝거린다
달리는 자가용 앞을 가로막는
느림보 차량들의 굼뜬 동작이
시야를 자극하듯이
늦장 부리는 시간들의 틀린 음색이
거추장스럽다는 느낌의 표현은
미소의 향기로 가면구를 덮고 있다
공부방 오갈 때마다 모시고 다니는
노인들의 화기로운 모습도
오순도순 나누는 옛이야기에 얹어두면서
즐거움의 저 하늘
햇솜 같은 구름 따다가
계절의 문전 쓸고 닦는다
참 부지런하다는 스승님의 칭찬이
별이 되어 반짝일 때
휴일을 감아쥔 욕망의 손아귀…
말미의 부질없음은
귀갓길 연장선을 길게 금 긋고 있다
배움의 취향(趣向)이 볼륨에
꽃가루 뿌리는 시간은
공연히 나이테 지우며 영(嶺) 넘는
순간의 황홀함을
사랑의 갈피에 매달아본다

슬픔·1

얼굴에 핑 도는
딸기의 눈물

엄마 찾아 목청 찢는
강아지의
눈빛

비방울이 이슬 딛고
반짝
거린다

쳐다보면 감탄이
흐느끼는
아, 저 달, 그 냄새…

슬픔·2

구름이 몸 비탈아 눈물 짜낸다
연필 끝에서 말려나오는
아픔의 씨앗들

국수오리가
그림자로 비틀거리면
바다의 철썩이는 가슴팍에서

갈매기 노래
소금꽃으로 핀다

즐거움

이슬은 풀잎 핥으며
미소 삼킨다

향기 찢어 나붓거리며
나비를 부르는 꽃의 언어

버들잎은 바람의 옷고름
풀어 내리며
춤을 춘다

치맛자락 들어올린
사이로
파도치는 벼이삭

이별

자가용 경적소리가
새벽 가슴을 찢고

모아산 등산길
옛 생각
감아쥐고 있다

살구꽃 피는 봄날에
얹어보는
소망 한 자락

빗방울이 그리움
올올이
적시어 준다

아픔

연륜의 짜릿함이 성에꽃으로
고독을 잠재운다

호흡기 구멍마다
숨 톺는 시간의 망설(妄說)

모르핀 주사가 공간의 여백에
미소 짓는다

탈출 시도하는 병원 입구
딱따구리 그림자가
고요를 낳고

소나무의 진액에
푸름이 녹아 흐른다

대보름

오곡밥이
명절을 나눠 먹는다

이명주(耳明酒)가 세월의
귓구멍 열면

밤하늘 밝혀주는
불꽃의 세례

둥근달 미소가 빛을 가루 내어
지구를 잠재운다

스캔들·1

둘의 관계가 애매한 사이라는 걸
퇴색한 사진이 서랍 속에 감춰두고
변명 한 장 꺼내어 입술 닦았다
아주 오래전 스토리에 불 켜두고
그리움은 드바쁜 일정이 귀찮다면서
바람 한 올 꺾어 침대에 깔아주었다
코 고는 남편의 잠꼬대…
기다림의 지청구가 미닫이 건너로
어둠을 세탁할 때
시어머니 간곡한 부탁을, 며느리는
행주치마로 문질러 버리고
억울해야 했다
시간 몰래 장만한 자가용과
별장의 이미지가
서리꽃 되어 창가에 꽃펴날 때
시누이 약삭빠른 목소리가
꿈빛 그림자를 덮어 감추고
모르는 척, 고독의 헷갈림은
개똥벌레 반뜩이는 언덕에
잘려나간 손톱 몇 쪼각 봉투에 넣어
씨앗으로 묻어두었다
유혹의 고갯마루에서 별은
오늘도 반짝거리고
부엉새 우는 보릿고개 향기가
새벽 오는 기슭에 이슬 몇 알
얹어주는 사연을
낙엽 지는 가을이 빨갛게

흐느껴주었다
그런 아픈 계절이
미로의 숲을 뜨겁게
달구어주고 있었다

스캔들·2

멋진 옷을 차려 입고
만나러 가는 거짓말엔 사장님 허울이
빌미가 되어 바람에 나붓거렸다
땀방울의 증발, 그 향기를 감아쥐고
부딪치는 커피잔엔 얄팍한 미소가
시간의 허리를 꽉 움켜잡았다
결혼했나요 아이는 있는가요…
육아랑 청소랑 도맡아 해서 힘드시냐는 물음에
능청함이 가슴 열었다
이혼했어요…
그때, 사랑한다는 전화 한통이
둘이의 공간을 꼬집었다
어때, 강실장… 하고 묻는 사장님의
허스키한 목소리의 음색에 여자는
그루를 박았다
질투나네요…
복장학원 출신인 보스다운 남자의
기름 발린 입술 사이로
질려버린 발음이 찍 새어나갔다
독종이구나…
엉켜 붙은 미팅의 순간엔
소금꽃 피는 갯벌의 비린내가
레스토랑 공간을
퍼덕거려주었다

행복 메신저

유튜브 방송에서 할머니가 소리 지른다
인생은 스스로 다스리는 거야~!
제목, 우리 엄마…
날아온 문자의 음성이 노래자랑 연습중이다
소리 질러… 케이크 만들고
캠핑 가고 텃밭 가꾸고
그래도 볼륨은 높여~!
열 살내기 아들내미 이름은 하늘
하늘이라는 걸 누가 몰라…
옆에 있으면 행복하니깐
엄마가 찾아 갔다
기다림 꺾어 쥐고 노천 공연장으로 향하는
모자간의 빈 공간에
꽃보라 날리는 명절 분위기가
비둘기 울음소리로 꾹꾹꾹…
평화의 음색 골라
흔들어대고 있었다

이별의 향연(響緣)

바람같이 구름같이
그렇게 쉽게 영(嶺) 넘어가는
엄청난 사실 앞에
가을의 흐느낌은 차가워진 두볼
붉혀야만 했다
물과 불의 조화로운 만남이
지구의 틈서리를
막아줄 수 있을 거라는 기대에는
콧구멍 간질이는 피자향기가
무색해지고
퇴색한 기다림의 사진첩엔
고독 앓는 초저녁 으스름 소리가
놀빛 흔적 찾아
기억 꺼내 닦고 있었다
잘 씌어진 스토리의 언저리에
좋은 하루가 슬픔 감아쥐고
끼룩끼룩…
계절 찾는 철새의 노래를
흉내내고 있었다

그날의 그 사연

아들 찾는 아비의 속 탄 사정을
시간이 꼭 감싸쥐고 바람의 옷깃에
매달아 주었다
엄마 보러 갔다 오는 길이었음을
갈대들의 흐느낌이
여울목 메아리로 연주하고 있다는 사실이
아들을 놀라게 했다
더 이상 그러지 않겠다는 다짐엔
음색의 떨림도 있었다
괜찮아? 하고 묻는 에너지의 텍스트가
놀빛 잘라 순간을 덮어주고
골프장 건너켠 들꽃 피는 멜로디가
향기 접어 나비춤
공연하고 있었다
허락 안 받아서 미안해요
안쓰러운 언어들이
무지갯빛으로 허무의 공간 가려주고 있을 때
빛을 꿰어 보석 만드는 진실은
베갯머리에 놓인 잠언록에
사금파리 적어 넣으며
바다의 비린 기슭 바장이고 있었다
그런 날의 동화(童話)가
섬바위 연륜을 슬퍼하고 있다는 현실이
하늘을 멍들게 했다

잿빛 삶의 갈림길에서

기분 좋은 출국붐은
아침을 즐겁게 했다
공연히 티켓 끊는 이야기에
함께 갖는 식사시간도
출근의 의미를 가늠하고 있었다
이제 가면 언제 올수 있겠소
라고 하는 시모의 걱정에
며느리는
눈물 몇 방울 아침 수라상에
받쳐 올리고
엘리베이터 신호음이 행장 챙긴
여권의 허리를 잡아 끌었다
배가 몰라보게 커진 임산부의
뜬 이야기들이
공항 팸플릿 게시판 도배하는 모습
바라보면서
달러라는 유혹의 이름이
커플 맞춘 당첨의 행운으로
파트너 찾아 국경 넘어가고 있었다
낯선 이국땅 저켠에서
맞이해줄 반가움의 시간은
위장결혼의 입덧이었다

행운의 지평선

컴퓨터 앞에서 나누는 덕담 몇 마디가
폰의 알람을 자극했다
로또당첨에 숨넘어가는 영상(影像)들이
인민폐 백원 한 장에
주사위를 던졌다
맞추면 반몫씩 챙긴다는
유혹의 언사에도 놀빛 거품은
비린내로 향기로왔고
대박 나는 하루는 아쉬움의 언저리에
개똥벌레의 숨결 반뜩여주었다
아쉽기도 했다
누구나 대박날 수 있는
천혜의 공간 틈서리엔
보리알 싹트는 소리가
오케스트라 음악으로 울려 퍼지는 건
아닌데, 라는 생각들이
나비 되어 봄을 나풀거린다

사랑은 미련과 함께

겹치는 날자가
좋은 날이라는 억설이
퇴직기념의 이미지를 윙크했다
축하의 메아리에 볼륨 높이는 일은
세월 엮던 섬섬옥수의 매니큐어에
색상 올리는 일을
기억하고 있었다
아마도 더 부푸는 기분의 공간에
포플라나무의 설렘은
바람이 필요하듯이
밥 사주겠다는 친구들의 약조엔
놀빛 유혹도 기다림으로
부채 흔들어주고 있었다
비 오는 날 우산이 되어주는 고마움이
흐린 날 거리를 누비듯이
기억 앓는 일상의 소망에는
자줏빛 하늘의 멍든 미소가
구름 집어 아픔 닦는
즐거움을 만끽해야 했고
녹슨 피아노 소리 같은 그리움의
허스키한 언덕엔
세월의 무상함이 별빛으로
어둠 밝혀주고 있었다
그런 날이 있었다
금방 시작된 아침이 저녁을 받쳐 들고
황혼 덮는 사연은
무서리 내린 가을 산자락에

조락한 낙엽으로
입 다무는 전설이었다

내일에 악수 내밀 때

바람의 결혼식엔 딸랑방울의 누락이
공간을 놀라게 했다
누가 먼저 누우면 먼저 죽는다는 설법은
허상의 우주를 길들이려고 했지만
목 그러안고 함께 눕는 물과 불의 조화에는
댄서들 날아다니는 텔레비전 프로를
무색케 했다
요 것 봐라, 오래 살겠다고 하는 걸—
앵~ 하고 피해 달아나는 모기의 소음을 쫓아
무더위가 땀을 흘린다
여름밤, 시골집 작은 사랑칸에서
둘이의 새날은 그렇게 시작되었고
이슬 눈 뜨는 새벽까지
안개의 머뭇거림은 입덧의 에너지에
장미꽃 향기 빨갛게 피워주었다
에헴, 밤이 물러가는 소리에
미로의 아침이 정주간 식탁에
케첩이 녹아 흐른다

만남의 행보(行步)

왜 또 할 말이 있느냐고 물었더니
머밋머밋거리는 할머니는
가는 길이 토성포라는 말밖에 없었다
토성포, 그 곳은
근교(近郊)에 있는 농촌 이름이었다
눈 내리는 겨울날의 푸근함 같은
마음씨가 주름진 이마에
꽃으로 피어있건만
앓는 딸내미의 점사위 위하여 마련한
돈 십 원을 잃어버렸다고 했다
옛날 옛적 한마을에 살았다는
지기(知己)의 집주소 몰라 바장이는
노인의 몸매가
바람 부는 고목의 신음으로
고막 긁을 때
지갑 털어 손에 쥐어주는 양심의 음색이
놀빛으로 추위를 가려주고 있었다
퇴근길에서 만난 일상의 편린들이
사푼사푼 감사의 메아리로
엽서 되어 깃 펴던 날은
그래서 가슴에 절로
봄물 흐르는 소리가 멜로디 연주하는
설렘 만끽의 간이역이었다

결혼식 날

아침 일찍 일어난 세배(歲拜)의 절차는
함(函) 안의 시간 꺼내어 일일이
설명해주는 경건함 챙겨야 한다고
호텔 예식장으로 발길을 돌렸다
여자 대반의 신은 짝짝이라는 사실이
톱기사에 오르지는 않았지만
신랑, 신부의 합환주 빚는 데에는
아무런 불편이 없었다
드디어 식은 시작되었고
신부의 어미는 눈물이 글썽하였다
안쓰러운 공간의 하늘에 꽃보라 날릴 때
위로의 언사들은 고마움의 답사로
절 세 번 하는 것이 결례라는 걸
깜깜 모르고 있었다
아무튼, 신강에서 왔다는 사돈의 얼굴엔
해바라기가 활짝 피었고
라일락 향기는 내일의 에너지에
사랑 몇 줌 더 얹어주었다
창밖 내양이 빛날 때 구름이 입덧은
바람이 조용히 가려주고 있었다
둘이의 약조가 사금파리 되어
바닷가 백사장에 반짝거린다

상봉(相逢)의 저녁, 미소 짓는 기다림엔…

수다 떠는 저녁을 등지고 돌아서는
귀가(歸家)의 이유는 화상채팅이
기다리고 있기 때문이었다
명태볶음채랑 가지김치랑 낙화생이랑 함께
동영상에 올라 향기로운 시간…
여섯 살 난 손자애 손에 들린 닭다리가
솟대 되어 공간을 받쳐주고
여덟 달 난 손녀의 호박씨 같은 얼굴이
반가움의 역(驛)이 되어, 고동 울려주는
평화로운 만남의 하모니가
어둠 익어가는 밤을 별빛으로
빛내주고 있었다
비좁은 폰의 공간을 무한리필 하기엔
너무나도 아쉬운 시간의 종양들이
야속하기만 하였다
뜨거운 심장이 달구어낸 폰의 메모리에
백합향 차 넘칠 때까지
사랑은 새벽까지 칠면조의 튼실한 다리로
기억의 언덕 지켜가고 있었다
배터리 용량 반뜩임이
이제 막 다가올 새벽 앞에 막을 내리울 때
화합의 노랫소리가 구름 되어
하늘 닦는 언덕에 하루의 약조를
투명한 이슬로 눈 띄워주고 있었다
행복은 언제나 곁에 있음을
안개의 부드러움이 기억 감싸고
세상 보듬어주었다

지천명(知天命) 소나타

약방 가서 약사는 오후가
화장품 가게에 가서 입술선 그리는
화장필(化粧筆)을 샀다
미용원 미소 접어 만든 눈초리가
눈가장자리에 붙어
공허로운 시간들을 슴벅거릴 때
손톱에 연한 갈색물 들이는 멋스러움은
경추안마 받고 적외선 쪼이는
힐링의 기다림보다
즐거움 찢어, 몸에 감을 수 있어 좋았다
인터넷 타고 흐르는 건강검진의
가상자료가
미인선발의 욕망 흔들어댐을 감안하면서
잠들기 전의 체조 한바탕이
경직된 마음 탕개를 풀어주었다
반백 꺾은 불혹의 계절이
바람같이 구름같이 영(嶺)마루에
별빛 되어 흐르는 소리에 귀 기울이면서
석양의 이미에 꽃 한 송이 달아주는
그런 신나는 영상(影像)들을
스크랩하여 화보(畵報)로 선물할
나날들이, 멀리서
어둠 불사르며 꼬드기고 있다는 것을
욕망의 리허설은
재연(再演) 펼쳐 일기장에 꼬박꼬박
적어두고 있었다

각성(覺醒)

부러운 마음이 축하 메시지 날리는 이유는
친구의 시집출간 소식 때문이었다
부러움의 날개가 퍼덕거리는 소리가
먼지 낀 빈 뜰에 꽃씨 한 알 뿌려줄 때
스물셋에 시집 와서
시집 한 권 못 낸 부끄러움이
붓대의 흐느낌에 옷 칠 해주고 있음을
생채기의 비린내로
감내해야 했다
정성이 지극하면 돌 위에도 꽃 핀다는
속담의 유래에 큰절 올리며
신들메 꽁꽁 매는 손가락의 떨림은
인생무상(人生無常)의 송진향에
취해버렸기 때문만은 아님을
알고 있었다
내일의 에너지 감아쥐고
학원 찾아가는 길에
소쩍새 우는 소리가 걸음마 재촉해 주는데
시 한 편 쓰는 일이, 이토록 빛나는 일임을
계단 덮는 낙엽의 안색에서
볼 붉은 사연으로 가슴 달구어야 했다
지천명(知天命) 하늘에는 한낮에도
별이 반짝인다는 그 말이
영단묘약(靈丹妙藥)의 효험(效驗)이상으로
하루하루를
짝짓기 해주고 있었다

추억의 이름은 뽕숭아…

학당 문이 활짝 열렸습니다.
뭘 어떻게 해야 될지
갑자기 혼자 인사드리게 된 이유는
발이 반란 일으켰기 때문입니다
맨날 건강하시고 행복하시라고 간추려
건행(健幸) 전도사라 깃발 추켜든 나날들이
안쓰럽네요
여러분, 너무 걱정하지 마시고
웃음의 분말에 꽃씨 한 알 심어주세요
아프니까 다리가 아프니까
계단 오르는 모습이 조락하는 낙엽 그림자
같아 보이겠지요.
어리둥절, 왜 거기서 나와…
라고 묻는 사람 있다면
사막 등에 짊어진 바다의 굼실댐이라고
답하여 주세요
하늘이 맑습니다
놀빛은 언제나 붉습니다
그리고 이제는 새롭게
아침을 열어갈 때입니다
준비는 되어있는 겁니까…

선(線)따라 가다가…

놀랐다
신도시에 공룡이 떴다고
으스대지 마
음료주문 하시고 돌아가면 안 되나
오늘 수업 심상치 않을 거라고
카페 문전 게시판에 적혀있었다
한낮에도 귀신 출몰한다는 심심산천에
영혼까지 탈탈 털리는 기분
아는지 모르는지…
짜증나, 성질 나, 깜짝 텍스트인지는
꿈에도 모르고 시키면 된다는
거억상실증이 괴성이 빈 병에 입 대고
심호흡한다
산소 한 모금 보내달라는
순발력 창의서가 고요한 늪에
돌을 던진다
빵 터져나가는 시간의 아픔
이별의 편린들이 꽃잎 되어 날아내리는
우수(憂愁)의 하늘에 눈이 내린다

청춘열선(熱線)

연애참견프로가
15세, 14세 나이를 쥐고 흔든다
로맨스 파괴, 프로젝트, 썸일지 착각일지
지옥의 천사가 어둠 꺼내 들고 묻는다
너 정체가 뭐야…
열일곱 살 여고생이라는 앙큼함이
웃으며 선물함을 연다
얼마 전 저의 생일날 책상 위에
이런 게 있더라고요
케이크? 생일 편지?…
굳이 그것이 아니고 심장판막에 끼워
달처럼 별처럼 바라보는 것이라는 대답에
케이스는 아미 붉히며
등굣길에 오른다
볼 때마다 생각나는 아빠의 트로트 노래 같이
듬직한 그날의 고백서 한 장이
책상 서랍 안에서
쑥스러운 세월을 지킨다

청춘엽서

선물의 출처는 학생증에
덕담 한 올 오려붙였다
상처 입은 손이 뜨개질은 어떻게…
달아오른 두 볼이 자리 차고 일어난 건
부끄러워서 뿐만은 아니라는 걸
둘이는 서로가 알고 있었다
수다의 짝꿍이
생일 맞는 순간들이
피자향기에 도배되었다는 이야기들도
인제는 별 되어 반짝거리고
커플케이스에 기다림 골똑 담아두었다는
이슬 빛에도
대박사건은 상기, 봄을 기다리고 있었다
마음 떠보는 텍스트의 갈래가
옛스, 노… 하며
청색 황색 깃발 갈라 쥐고
사거리 팔거리
신호등을 웃는다

사진

망각의 찰나가 기억으로 박히어 있다
흔적의 기록들이 퇴색한 공간 열고
시간을 꺼내 닦는다
사랑의 뒤안길에서 미소 짓는
장미꽃 가시에 찔린 이슬의 슬픔들이
빛으로 모록이 쌓여
고독과 기다림 싹 틔울 때
행복은 추억만치나 흐르는 바람결에
소리 엮어 무지개로
꽃 피우는 일이다
누군가와 마음 맞추는 대가엔
이별의 덫니가
어둠 씹는 인생 프로그램에 끼워있다는
엄청난 사실이, 플래시의 작동으로
스토리를 번쩍거린다

밀회(密會)·1

이러시면 곤난한 데요
괜찮아 딱 한번뿐이야
아아 그래도…
돈 벌기 힘든 세월에 핑계는
후회의 무덤 앞에 맞절 올렸다
이게 뭐야, 돈이 어데 갔지
그 거액의 돈을…
넌 모르는 게 끝이라 해도
모든 게 잔인하다 해도
바보의 언약에는 바람의 배꼽에도
꽃이 피겠지
아아아 그렇다 하여도
반지까지 끼워주면 난
이대로 끝이네요
몰라서 묻나 금전으로 바꾸어온
햇살의 향기라고 생각하지
않아도 돼…
비좁은 투룸은 원룸보다 널찍해서
좋았다
놀빛 약조가 다시
창(窓)을 붉게 물들여주었다

밀회(密會)·2

시작은 남자가 먼저 했지만
오르가슴의 온도는 여자가 걷잡지 못했다
첫사랑 마려운 추억의 변두리에
냉이꽃 향기는 여름을 살찌우건만
나불대는 입 관리는
시간의 검증을 받아야 했다
다 스스로 망쳐버린 거라는 걸 번연히 알면서도
왜 말이 없는지, 찢어진 가슴의 판막은
놀빛 흐느낌으로
낙인 찍어두고 있었다
침묵은 묵인이요 묵인은 승인이라는
언어의 함의가
심심산골 깊은 계곡에
함박꽃 미소로 세월 잠재워둔다는 것도
재산 상속의 이유에는
밑금 그어 있었다
믿기지 않는 현실이 전화 한 통에
달아오른 몸 식혀주고 있었다
곱단이, 돈 도착하면 결혼해줄게요…

밀회(密會)·3

신데렐라 같은 존재를
여신으로 만들어 주겠다는 그 한마디가
가슴을 풀게 만들었다
내시(內侍)년이 재벌 며느리가 된다는
입소문의 진위(眞僞)가 지갑 열고
아침을 꺼낸다
이 정도면 되겠어?
상상한 그대로예요
음 그게 무슨 뜻…
죄송하다는 언사를 베껴들고
바람이 창(窓)밖에서 서성대며
보초를 서고
강력반 뉴스가 아픔 섞인 뒷골목
깡패들의 눈물을
보슬비로 뿌려주고 있었다
가짜 연애설 단춧구멍으로 빠져나가는
약조의 입덧이 꿀럭꿀럭
짭조름한 바닷물 토해내고 있을 때
미끌거리는 기억의 미역줄기도
깃발처럼 펄럭이고 있었다

밀회(密會)·4

나쁜 놈이라는 딱지엔
실망의 꼬리표가 보이지 않았다
그런데는 어쨌단 말이, 좋은 걸 어떡해…
죽어도 못 잊겠다는 맹세가
염치의 정수리에 숯불 한 덩이 얹어주었다
양쪽치기 하면 어때서, 나만 좋다면…
장밋빛 꿈의 그늘아래 풋잠 드는
여자의 하반신은
바닷물 가르는 상어의 꼬리처럼
자맥질 멈추지 않고
세월의 인내를 만끽하고 있었다
그때, 바로 그때…
퍼들거리는 텔레비전 화면에서
놀라운 음성이
사극(史劇)의 베일 벗기고 고함질렀다
마마, 중전마마…!!
여자와 남자의 얼굴에는
찔레꽃 미소가 안개로
피어오르고 있었다

미로 저켠 메시지엔 향기가…

시간이 공간을 협박하는 시점에서
약점 잡힌 이유의 꼬리에는
기름 발려 있었다
뭐야, 미끌잖아 빠져나갔잖아…
흥미가 떨어진 제정신이
공연 한 대목에 신경 쓰고 있었다
이슬 빛 영혼, 지키기 위함이었다는
구실의 결정엔
욕망의 사막이 가시 펼친 언사에
날개 찔려
퍼덕이고 있었다
그저 현장에서 딱 걸린 게 탈이었다
보란 듯이 주고받은 정사(情私)의
빛나는 스캔들이
식상한 아침 식탁에 양념으로 입맛 돋굴 때
둘이의 하늘에선
찢겨진 기억의 편린들이 눈발 되어
암장(巖漿) 앓는 지구를
덮어주고 있었다

계절은 사랑과 함께

고품격 토크쇼가
자부심 팍팍 올리는 순간을
점치고 있었다
폐막의 뒤켠엔 뭐가 있을까
공간을 휩쓰는 시간의 심판석에
축하의 여운이
미소(微笑) 뜯어 얹어두었다
너무 멋있더라구요 다음에 또
잘 해봐요, 라고 말하는
기록엔 바람의 입맞춤도
적혀 있었다
떠들썩한 연예인 프로처럼
사랑 앓고 난 그 자리에
햇살의 난무가 봄을 뜨겁게
달구어 주었다
남자는 그렇게 또
여자가 그리워졌다

하나이라면 하나같이…

최장기록 갱신이 지구를 놀라게 했다
매스컴에서 흘러나오는 기사의 목소리가
전류(電流)의 떨림으로 밤을 꽉
틀어쥐고 있었다
재미있군, 난리가 났습니다
우주를 사로잡은 어둠의 눈동자로
별들이 깜박이네요
라고 한마디 덧붙이는 소식엔
기아에 허덕이는 아프리카 난민들의
근황(近況)도 함께 따라 나왔다
인심을 격동시키는 엘리자베스의
부푼 빵 같은 공간에
불이 켜지고
스타가 된 아이돌 자랑거리가
동네의 자부심으로
겨울밤을 덥혀주고 있었다
공익공연의 금액 전부를 재해지구에
지원한다는
목소리에 피어난 향기가
세상의 눈물 받쳐
다가올 새벽 언덕의 씨앗을
눈 띄워주었다

꿈빛 밟는 발자국

그저 두고 알기엔 아까운 시각들이
노트의 갈피 속에서 고개 내밀고
바람의 내음새를 맡는다
자부심의 높이와 깊이에는
햇살의 방문이 싹트는 사막의
호흡도를 덧칠해가고
나트륨의 변신술엔 소금꽃이란 명사도
바다의 검푸른 언사(言辭)도
파도의 날개 펴들고 있었다
꺼으꺼으… 갈매기 깃을 편
이랑위에, 거품의 노래는
지구의 고독 흔들어 깨우고
천년 기다림 눈 뜨는 우주의 뒤안길엔
별꽃 피는 어둠의 각혈(咯血)도
새벽 신음으로
이슬 빚고 있었다
아픔이 명멸하는 공간에
계단 밟는 가을의 조락한 잎새들…
볼 붉히는 소리가 들을 덮는다

맞선보기

기다림의 키는 작지 않았다
소개팅의 시간은 짧았지만 너무나도
긴 시간이 필요했다고
매파의 넉두리가 달러의 향기를 씹고 있었다
없는 데요 라고 말하고 싶었지만
참고 견뎠다
금전이 왔다 갔다 하는 거래소에서
물과 불의 키스에도
기름은 떠있었다
아무튼, 기분 좋은 날…
해와 달의 만남엔 어둠 앓는 우주의
아린 가슴이 필요했고
해저 깊은 곳에는 가오리 날개의
연약함이 있어야 했다는 사실이
미팅의 공간을 무마해주고 있었다
사랑은 영어로 러브라고 하지…
러브 유~ 라고 발음할 때
그 뒤에는 이별이란 대명사가
점잖게 보초서고 있음을 감지하면서
둘이는 마주보고 웃었다
그때 창밖에서 축복같은 함박눈이
펑펑 내리고 있었다

분만(分娩)

예정일이 그 때었다
통증의 후유증엔 밤도 어둠 들고
바장이는 습관을 연마해야 했다
터 갈라진 혓바닥에 사금파리가 반짝이고
소라의 귀에 담긴 바닷소리가
고사목(枯死木) 미래를
걱정하고 있었다
바람의 들녘에 별꽃 피고
가을 오는 선율이 서리꽃 녹여줄 때까지
생명의 탄생은 빛을 잉태한 칠흑에게
감사해야 했다
가난에 사랑 구워 먹던 그 시절에는
그래도 정(情)이라는 글자의 낱말이
싹트는 지팡이로 여윈 겨드랑이
지탱해주어 고마웠다
그날이 바로 아들내미 낳는
기념일이었다

볕의 하루

추렴하고 남은 음식에는
단칸방 셋집의 칭찬도 함께 따라나섰다
문 열고 넘나드는 바람의 딸꾹질엔
갓난애 기저귀 갈아주는 지청구도
시어미의 잔소리로 녹슨 가난 닦아주었다
추울 때엔 이불 덮어주라는 잔격정이
남새 푸른 비닐하우스로
앞마당 채전 지켜주건만
뒷짐 진 남편의 기침소리는
밤 새워 지켜보는 별들을 놀라게 했다
어야 듸야 아기의 장한 덧…
아침 햇살에 미소 지을 때
손놀림 부지런한 햇각시의 안색이
회식의 날 손꼽아 기다린다
이런 일이 많았으면 좋겠다는 유머 한마디가
푸들진 명절 분위기로 작은 방안을
화기롭게 살찌워주었다

암야(暗夜)·1

아픔 앓는 블랙박스의 확인이
찻물 한 잔 따라 올린다
클럽에서 춤추고 소리 지른
기분전환의 내음새가 자는 척한다
핸드폰 두고 샤워하러 들어간
남편의 지갑에서 구겨진 메시지가
시공터널의 전설로 꽃을 피운다
벌컥벌컥… 둘이서 나눠 마시는
정감의 주스가 바다 되어
위장(胃腸) 안에서 출렁거릴 때
여자는 구토증을 느꼈다
봄날 뜨락에 모록이 쌓인
따슨 햇살이 놀라 달아날 가봐
기침소리도 삼켜버리고
젖은 몸 닦는 남자의 미소 앞에서
여자는 모르쇠를 댔다
가슴 아프고 쓰린 나날이 장미꽃 가시로
시려드는 겨울 찔러, 함박눈 소리 없이
지구를 덮어주고 있었다
얼어터진 눈물이 찢겨져 꽃이 되었다는 사실을
적막 흐르는 공간의 입덧은
알지 못했다

암야(暗夜)·2

구실과 핑계의 계선이 부챗살로
변명 펼쳐들 때, 가책의 염치는
현장(現場) 덮치는 오피스텔 이야기로
베일 벗겨버렸다
십 년 전 물과 불의 조화가
세월 길들였다는 놀라운 전설이
눈치 빠른 시간 앞에
의젓함 꺼내어 갈고 닦을 때
핸드폰, 블랙박스 확인이
불륜의 증거를 불살라 버렸다
평화로운 우주의 메아리가
별빛으로 밤을 잠재워두기까지
확실한 정리의 공간엔
성에꽃 피었다 지는 전율의 차가움도
인내의 공간을 감내해야 했다
장미꽃 꺾는 손이 가시에 찔려도
향기의 질서는 무더운 여름을
살찌운다는 진실 앞에서
바람의 난무(亂舞)는 깃 가두고
어둠의 갈림길에 불 켜주었다
그런 날이 녹아내려
창밖에선 비가 내리고 있었다

詩集 「어느 날의 토크쇼」를 내면서

지은이 · 류송미

시작이 절반이라는 말이 있다. 처음엔 그냥 일 년에 한두 편씩 시를 써서 잡지에 발표하는 것으로 만족하였다. 하지만 주변의 문학동인들이 시집도 척척 내는 것을 보고 부러움을 느꼈으며 짬짬이 시간 내어 시공부학원에 다니기 시작하였다.

그러던 어느 날 김현순 회장님께서 글짓기에 소질이 있다고 칭찬하면서 열심히 하라고 고무격려 해주셨다. 그것이 힘이 되어 본격적인 시 공부에 달라붙었다.

정성이 지극하면 돌 위에도 꽃이 핀다고 그렇게 시작하여 손이 부르트게 쓴 작품들이 어느새 책 한 권 묶을 분량이 되었다.

시집을 묶는다는 것은 자신의 창작에 대하여 한 단계 총화하고 점검해두는 의의 있는 일이라는 주변의 권고에 나도 한 번 당당히 시집 내어보고픈 욕심이 생겼다.

시영역(詩領域)의 새로운 유파(流波)인 복합상징시 창시자 김현순 시인님의 지성어린 가르침이 계셨기에 내 인생의 첫 시집 출간을 맞이하게 된 것임을 마음 심처에 새겨두고 있다.

이 한 권의 시집에 수록된 시들에는 여태껏 내가 살아오면서 겪은 희, 노, 애, 낙이 깃들어있을 뿐만 아니라 사랑하는 남편, 아들, 며느리, 손자, 손녀와 수많은 제자들, 그리고 35성상 동고동락을 함께 한 동사자들과 친구들의 이야기가 모두 적혀있으며 지금까지 살면서 가슴에 차곡차곡 쌓아뒀던 꿈, 희망, 소망이 모두 적혀 있다.

퇴직을 맞으면서 이 시집을 출간하게 되어 더 감개가 무량하다.

늘 따슨 봄날처럼 그동안 나의 작품을 읽어주시고 가르침을 주신 여러 지인님들께 허리 굽혀 감사의 인사를 올린다.

이제 갓 걸음마를 뗀 풋깍이 시인으로서 시집 출간이란 너무나도 엄청난 즐거움인 한편 어깨도 한결 무거워난다. 내 생애에 짊어진 영혼의 정화(淨化)를 위하여 복합상징시 동인회 멤버로 오래오래 남아 열심히 더 좋은 시를 쓰는 것으로 허송했던 지난날의 안쓰러움에 깃발을 꽂아두련다.

2021년 5월 20일

어느 날의 토크쇼

초판인쇄 2021년 05월 25일
초판발행 2021년 05월 25일

지은이 류송미
펴낸이 채종준
펴낸곳 한국학술정보사
주 소 경기도 파주시 회동길 230(문발동)
전 화 031) 908 3181(대표)
팩 스 031) 908-3189
홈페이지 http://ebook.kstudy.com
전자우편 출판사업부 publish@kstudy.com
등록 제일산－115호(2000. 6. 19)

ISBN 979-11-6603-446-6 03810